Ateliê Editorial
Trinta Anos

Æ
Ateliê Editorial

eugênio bucci

os dois hemisférios do meu colarinho

Dados Internacionais de Catalogação na Publicação (CIP)
(Câmara Brasileira do Livro, SP, Brasil)

Bucci, Eugênio
Os Dois Hemisférios do Meu Colarinho / Eugênio Bucci – Cotia, SP:
Ateliê Editorial, 2025.

ISBN 978-65-5580-117-0

1. Poesia brasileira – Colêtaneas. I. Título.

23-165754 CDD-B869.1

Índices para catálogo sistemático:
1. Poesia: Literatura brasileira B869.1

Tábata Alves da Silva – Bibliotecária – CRB-8/9253

ATELIÊ EDITORIAL
Estrada da Aldeia de Carapicuíba, 897
06709-300 Granja Viana Cotia SP Brasil
contato@atelie.com.br
www.atelie.com.br blog.atelie.com.br
f /atelieeditorial /atelie_editorial

Printed in Brazil 2025
Foi feito o depósito legal

Para Alejo,
in memoriam.

primeiro hemisfério
políticaô

segundo hemisfério
libertímido

po

lí

ti

caô

primeiro
hemisfério

justiça

o que a lei
não redime
é o crime
com defeito

se bem-feito
ou bonito
o delito
talvez rime
com direito

se perfeito
ora, o crime
é a lei

um par de antinomias

nós de sagitário não acreditamos em horóscopo
nós os são-paulinos desprezamos o futebol
nós de liberdade e luta achamos que os bedéis
foram postos na sala de aula
pela ditadura militar
nós de orlândia temos o costume de ir nascer em ribeirão preto
e para ribeirão preto olhamos
como os paulistanos olham para guarulhos

o aeroporto fica lá

contrassenha

a ingenuidade cega
e o sujeito não enxerga
à sua frente
o esperto
a lhe tirar proveito
sem direito

o ingênuo crê no que mira e não vê
crê porque crer é o quê
da ingenuidade

já o esperto
ele também é cego na esperteza
mas sua cegueira pesa mais

não adivinha na fisionomia do ingênuo
o ser que pode ser desperto
mais que esperto
e devorá-lo de um bocejo

o esperto não crê no semelhante
não crê no próximo
não crê no distante
não crê
porque crer
apenas em si
é o frenesi
da esperteza

a ingenuidade é indispensável à tragédia
ao ridículo
e à grandeza
tem sempre a chance de acordar

só a ingenuidade levanta voo e vira outros bichos
estes sim interessantíssimos
a ingenuidade é o método para o ponto de partida

o ceticismo também vai ver que é bom
mas a ingenuidade
embora indefesa
é a pedra bruta

a esperteza é a pedra comprometida

fiar

em pedaços átonos
componho este inseto
contra a fluorescência do dia

não é como a aranha na teia
mas como a teia da aranha
oculta na claridade
que se mostra em reflexos
esquivos
por ângulos
dispostos
no tempo
fluido
e não no espaço
(teus olhos tentam
voltar ao ponto de vista anterior
e o lampejo não mais se acende
perdido da luz que mudou de lugar
ao mudar de relógio)

feito de sílabas fracas
isto aqui existe
tônico
a despeito de escapar
às garras dos holofotes

existe
mesmo que não notes
e ainda mais
existe
embora o jovem amigo que desposara a igualdade
hoje leve uma vida de rei

o mais não sei

filamento viscoso e seco
fora do qual
nem o que era
no princípio
há

rampa

do alto desta encosta em que cederam
a fibra dos meus olhos, o meu claro
silêncio vertebrado de palavras
sólidas, e o que me restou da infância

em que sobre joelhos eucarísticos
testemunhei o fluxo da mentira
enquanto o vinho azul me entorpecia
aos poucos com o medo de perdê-lo

não me despeço, apenas vou embora
ao cesto de papel deixo a gravata
descolorida pelo sol de cal

porões ainda existem – e governam
(mas hoje estendem notas de dinheiro
além de músculos no pau de arara)

antipoesia a despeito de norberto bobbio

I

a vida
todos querem dar um jeito na vida
os caras de direita querem dar um jeito na própria
os de esquerda querem dar um jeito na vida dos outros

os de direita rugem
— dai a mim o que desejo
os de esquerda mandam
— desejai o que provejo

os primeiros submetem pelo que tomam
os segundos pelo que juram entregar

disso
e apenas disso
decorre a miséria do meu ego pedestre
esquerdista quando tristonho
direitoso quando potente

e de resto hesitante e óbvio
olho para um lado
olho para o outro
e
bem
deixa eu ficar aqui parado

II

os caras de direita
galopam sobre a relva transpirando gasolina de avião
fico alerta quando eles passam
mas logo desanimo

os caras de esquerda e seus terceiros em nome dos quais
os caras de esquerda extorquindo obediência
eu também desanimo

III

é um inferno
além de tédio

à direita
o egoísmo liberta
o desperdício é luxo
o privativo imprime a privação
o exclusivo explora a exclusão

à esquerda
a vaidade move a história
o sujeito almeja ser busto em prédio público
o vinícius caldeira brant me dizia
– esse pessoal quer erguer o museu da revolução
antes de a revolução acontecer

me dá uma canseira que nem conto

IV

não sei em que me seduzem os caras de direita
não sei o que levam de mim os caras de esquerda
não quero fortuna
talvez só um pouquinho
não quero ser nome de logradouro
isso nem um pouco
deus me livre

o pior é que alguma coisa eu tenho desses caras
os de direita e os de esquerda
mas superficialmente
muito superficialmente
o que me acabrunha ainda mais
não por padecer dos mesmos traços
mas por padecer tão pouco

faço um pouco do que eles fazem
sinto um pouco do que eles sentem
mas pouco
pouco mesmo
sem aquele entusiasmo todo

V

só os que sabem voar escaparão
os que sabem voar são os novos
tento aprender com eles
e despenco

as mulheres de alma leve me ensinam a voar
mas depois eu esqueço
eu ainda sou pedestre
eu e meu ego
que também é pedestre
como eu já disse

VI

a vida, ora, a vida
todos querem dar um jeito na vida
menos eu que só queria descobri-la
(humm essa foi mal
no fundo eu sou um sentimental
um sentimental de esquerda
mas não devia exagerar)

(tento de novo)
todos querem dar um jeito na vida
menos eu que nem de viver a vida fui capaz
(putz
ficou pior
além de não me dar um jeito na vida
isso aqui não me resolve o antipoema)

todos querem dar um jeito na vida
inclusive eu
apesar dos meus fracassos ambidestros

todos todos todos
menos a tia rosinha
que ganhou na loteria
e não estava nem aí pra essas coisas

a república dos bugalhos *(prosa em verso)*

era uma vez aquele companheiro
que trocava alhos por bugalhos

alhos por bugalhos é um lugar-comum
e era disso mesmo que se tratava

trocando alhos por bugalhos
ao citar os ditos populares
ele embaralhava os bugalhos todos
de todos os lugares-comuns

engraçado
alhos e bugalhos
pelo que me lembro
eram palavras que o companheiro pronunciava direito

outras não
muitas outras não
a gente ria

em vez de "faca de dois gumes"
ele falava "faca de dois legumes"

era doce
afável
companheiroso
e falava "faca de dois legumes"

e nunca se corrigiu
gostava do folclore que se formava com seu jeito de falar

nisso despontou o outro companheiro
o tomador de notas

que organizou uma coletânea reservada
com o vernáculo do primeiro

a lista divertia os dirigentes do partido nos intervalos das reuniões
a direção instituía o sentido cômico
por não desconfiar do sentido trágico

as risadas destilavam sua leveza duvidosa
muito duvidosa
sim
muito duvidosa mesmo
porque havia algo de desconcertante
e de real
como o sistema nervoso
nos ditados destrambelhados do companheiro companheiroso

eles produziam sentido
o pior era isso
criavam um sentido integral

por ter aprendido em algum lugar
que "faca de dois gumes"
designava um fator capaz de produzir dois resultados opostos
um deles pretendido e o outro indesejável
e finalmente por somar a isso a noção
de que as facas se prestam ao corte de legumes
como picar a cebola, descascar um pepino ou fatiar a berinjela
ele concluía que
uma faca de dois legumes
era aquela que servia a dois propósitos conflitantes
ou
candidamente
a dois legumes contraditórios
a interpretação livre do companheiro companheiroso

conferia ao legume um ar senhorial
ou mesmo patronal
como se a ele pertencesse o trabalho das lâminas
ou ainda como se os legumes ditassem o destino das facas
(e não o oposto)

dizer “faca de dois legumes”
era como dizer que algo (a faca)
estava a serviço de dois senhores (os legumes antípodas)
numa dupla militância que não se podia aceitar
segundo a sabedoria popular de raízes católicas

“faca de dois gumes”
ele raciocinava
não podia mesmo dar certo
ele então consertava o deslize e proclamava
“faca de dois legumes”
aquela faca que poderia servir para o bem
uma abobrinha quem sabe
e para o mal
um tubérculo cancerígeno

segundo o companheiro que tomava notas
o companheiro dos bugalhos dizia também
“questão de forno íntimo” em lugar de “foro íntimo”
“águas curvas” em vez de “águas turvas”
“advogar em casa própria”, não “causa própria”

e tinha razão
forno íntimo é aquele de uso doméstico
que jamais se prestaria para fins comerciais ou públicos
ao alegar uma “questão de forno íntimo”
o cidadão queria dizer aos demais
“é coisa minha que eu resolvo na cozinha lá de casa
e vocês não têm nada a ver com isso”

quanto às "águas curvas"
estas seriam águas perigosas
não calmas como as águas, vejamos, mais "retas"
eram águas de corredeiras traiçoeiras como as águas turvas

e "advogar em casa própria"?
temos uma variante de "casa de ferreiro, espeto de pau"
ou de "santo de casa não faz milagre"
o bom advogado é aquele que advoga bem na casa dos outros

rir era inevitável
naquelas eras primevas e primaveris
mas rir era também não saber

os dirigentes não viam
– e por isso riam –
que o erro semântico do companheiro
emulava o erro deles na política

não entendendo direito o que liam
quando liam
e o que ouviam
de mau jeito
quando ouviam
formulavam umas tantas estratégias e outras tantas táticas
uns tantos programas mínimos e outros máximos
desenhavam projetos econômicos e fundiários e culturais
em colagens de conceitos híbridos
um tanto de alhos
outro de bugalhos
de gumes e de cumes
que se não eram legumes também não eram afiados
ou eram
mas afiados para lados errados

dessa república
e de seu antimétodo
idêntico ao do companheiro que trocava as palavras

nasceram mais desacertos
talvez descarnados
dos quais ainda não se sabe como rir
nesta hora
agora
ou em outra
história

fastio

a burrice
aborrece

mas o povo

contudo
todo mundo fala do povo sem parar
contudo
festejam os inventores de povo

cercado de olhares que me fuzilam
não ligo
apenas prossigo
mudo
contudo

todavia
eu já sabia
    que povo talvez houvesse
    apenas em teoria
    quem sabe ele não seria
    alguma categoria
    poesia? sociologia?
    quem sabe ele não viria
    de uma invenção tardia
    de antigas ideologias
    palavra de bruxaria?

todavia
não mais que
todavia

mas
    muito embora eu já soubesse
    mesmo assim ou assim mesmo
    houve um dia em que saí
    bati perna por aí
    para ver se eu descobria

de onde é que brotaria
a vasta mitologia
desse povo que eu não via
(que aliás eu nunca vi)
esse povo brasileiro
tão famoso por aqui

minha viagem vazia
cobriu toda a geografia
mas isso não vem ao caso
o que importa francamente
é que eu andei realmente
vi cada ponto que havia
na imensa cartografia
do país em que nasci

em sampa levei tiro
no rio um beijo na boca
perfumada orquídea humana
que aberta me desengana

em tabatinga eu me afoguei
ou melhor
naufraguei no meu suor

descobri que o povo brasileiro
não começa em tabatinga
tabatinga é o fim do mundo
sendo ainda o seu começo
(só depois eu percebi)
ora
onde o começo termina
e o fim começa também
nada termina ou começa

nem o povo
que é o que interessa

o povo brasileiro não começa lá e não termina lá
o povo brasileiro não começa nem mesmo em corumbá

então fui transbordar em foz do iguaçu
fui mais longe para o norte e para o sul

quem me dá buenas noches
quando aterrisso em buenos aires?
não o povo
silvina silvina silvina
la más hermosa de las argentinas
que perdiste ricardo para andrea
la que he perdido para el ricardón
el pueblo brasileño al paredón!

minhocas secando ao sol
el pueblo brasileño no habla portuñol

o povo brasileiro lo que es muy raro
é dedo-duro e tupamaro

quase encontrei o povo brasileiro em bogotá
ele tinha feito lipoaspiração pra me mostrar
o povo brasileiro chegou a montevideo?
ou foi a lima pedir esmolas?
desmaia em quito?
bonito

bolívar duque de caxias lampião
carmen miranda zé carioca do caixão

atenção para o refrão
salve salve che guevara
vem pegar na minha vara

guerrilha fé corrupção
comício truco baião
o povo brasileiro é uma invenção

flautas andinas e borrachudos em ilhabela
não deixam ninguém dormir e não dão trela

avalanches de bois-bumbás
deus me livre
saravá!

estátuas de generais em largos largados
bandoleiros fardados embalsamados
soldados enferrujados coitados

tordesilhas
minhas filhas
é o nosso dna
um rasgo no continente
antes que fosse existente
um talho no mapa
solapa
a nossa gênese

um povo que não há pra lá
um povo que não há pra cá
redondilhas
por todas as trilhas
tordesilhas
minhas filhas
é o nosso dna

no entanto ou entretanto
eu percorri todo canto
desta terra dos encantos
suspeitos (talvez nem tanto)
e só o que vi foram olhos
de indiferença, de espanto
eu olhei feio pra eles
e eles mal sabiam quanto

vi massa atulhada na cidade
madames em instituições de caridade
vi as bocas que se enroscavam na mesma língua
sem dizer uma sílaba

o povo é uma aspiração fabricada por outra

eu procurei loucamente
apalpei atrás na frente
e só bolinei foi gente
tateei por teimosia
porque povo não havia

voltei pra casa cansado
contudo voltei saciado
de cores odores corpos
crenças angústias tormentos
voltei estranho – passado

não que eu tenha voltado pensativo
voltei apenas mais vivo
depois de passar pelo crivo
da verificação em definitivo
sol posto
tudo posto

trouxe comigo o retrato do povaréu redivivo
o povaréu discursivo
às vezes pulsante
outras vezes repulsivo
às vezes disperso
outras vezes dispersivo
muito mais que adverso
adversativo

virtude

viva a teoria
(a prática vicia)

segundo
hemisfério

li

ber

tí

mi

do

desbloqueio

você tira uma escova da bolsa
e ordena os meus cabelos

o ar que ondula sobre o aterro
vindo até onde já não chega o mar
quebra em meus olhos
à beira da vidraça

não tenho a veleidade
nem a esperança
de que as minhas circunstâncias sejam outras

a rarefação das palavras
o gosto de ir ficando um pouco mais
o gosto da meia do dia inteiro
duas meias por uma noite inteira
dois pés descalços me nomeiam

seus dedos penteiam minhas costas
uma cicatriz
um descampado
a pele se desembaraça

uns dizem nada de fotos
outros nada a declarar
eu digo nada de sexo
só um pouco de intimidade
e de inutilidade
nesse encontro a que pertenço
e não venço

negativo

o amor goteja infecto
é um grito no porão
desterro
deserto em alto-mar

o amor tem o cheiro dos curtumes
gosto de sangue parado na boca

por cima do amor proliferam as baratas
mijam as ratazanas
pisam os torturadores

incêndio nos ossos
o amor não tem fé
devora a pele dos inocentes
perfura as vísceras das crianças
o amor é câncer
maldição
o amor é um buraco negro no meio do peito
quando não é feito

em verdade

meu colarinho abotoado
meu discurso
a ausência de palavrões
era tudo fingimento

o riso tênue
a polidez
o meu orgasmo
o amor jurado
ou mesmo o amor insinuado
que é mais autêntico
o apetite de bom alvitre no almoço de negócios
um engodo

a raiva que eu dizia que sentia
e tanto sentia que dizia
dizia tanto que sentia
que dizia
era vazia

não me perdoes
não me esqueças
não esperes que eu adoeça
não me ignores
nem me desacates
tu não podes nem poderás

a mentira que eu sou
te subjugou

desaparecido

porque me abandonaste
e não me sepultaste
aqui fiquei na estrada
a ver o escuro

aqui fiquei ou não fiquei
nem nada
que nada mais de mim
ficou na estrada

ou só ficou talvez
a rigidez
meus braços em gravetos
estragados
cabelos em poeira
quebradiços
herança de palavras
desmembradas

a dor ficou mas não
ficou o nervo que doía
somente essa matéria
sem matéria
um fóssil do que fui
sem sepultura

à noite indiferente
ao dia ausente
ao tempo que se foi
sem deixar traço
dissolve-se a memória
em descompasso
do amor que eu quis te dar
quando era tarde
da morte que eu quis ter
quando era cedo
da curva em que fiquei
sem ter ficado

desamor

a mulher que não te ama há de ser calma
(não padece das urgências da paixão)

a mulher que não te ama há de ser justa
pois jamais te julgará com o coração

a mulher que não te ama é razoável
e centrada
ela é teu ar
ela é teu chão
tem paredes com lambris em vez de mãos

a mulher que não te ama é uma prisão

além da vista

a face que floresce em claridade
em nuvens de quasares e não cessa
de abrir-se mais enquanto desengessa
as formas fixas há de ser verdade

esse universo alegre que sem pressa
(embora o faça na velocidade
da luz) vem me mostrar a liberdade
há de ser justo e belo e bom à beça

mas o teu rosto exato eu não diviso
ele se expande assim como um sorriso
a me cercar o corpo feito o espaço

e me hospedar inteiro em teu avesso
vai ver que em tua face eu que floresço
porque na tua carne eu me desfaço

no auditório

a tua nuca
será? uma noite?
ou será que nunca?

teu par de brincos
será? uma noite?
ou será que brinco?

a tua fala
será? uma noite?
ou será que calas?

o mudo gesto
será? uma noite?
ou será incesto?

o teu perfil
será? uma noite?
ou será perfídia?

as tuas costas
será? uma noite?
e será que gostas?

a tua saia
será? uma noite?
tomara que saia

pulsão vadia
será? uma noite?
ou será de dia?

reflexo

> *"Se eu não vejo*
> *a mulher que eu mais desejo*
> *nada do que eu veja*
> *vale o que eu não vejo"*
>
> ***Poema de Bernard de Ventadorn, 1174,***
> ***"intraduzido" por Augusto de Campos, em 1974***

por esse vidro em que me vejo
e vejo o outro lado através do que me vejo
eu me revejo
e almejo
ver
o que não vejo

fantasma
corpo
ar
aquilo é isto

suave facho incandescente
em que inexisto

mediunidade

quero falar com os espíritos

quero ver se eles me ajudam a completar
os fios interrompidos da minha história

era pra ser uma narrativa fluente
retilínea
contínua
todas as coisas encadeadas
uma depois da outra
como as pérolas num colar

eu queria uma vida com começo, meio e fim
compreensível
comovente
e com final feliz
quero dizer
com alguns finais felizes antes do final que é o final mesmo
ao menos o final da presente encarnação
(é bom não descartar de graça outras possibilidades espirituais)

sonhei para mim uma vida
cheia de tardes abertas
e de aniversários de criança sem crianças
só com as mães das crianças
alegres
olhando para mim com vontade de me namorar

uma vida sem mentiras
sem crimes
sem as fatalidades
que nos vitimam
e que a gente nunca sabe de onde vieram

a minha vida era pra ser um filme bonito
mas aí o inesperado me atingiu
com esses golpes que irromperam de não sei onde
e quebraram as linhas da palma da minha mão
as linhas do meu destino
que deveriam ser perfeitas
ininterruptas

por isso é que eu procuro os espíritos
eles vivem lá do lado de fora
vivem no nada

eles têm as respostas
eles viram
o que se perpetrou contra mim

por ali
na companhia dos espíritos
passam os fios da minha existência
como se não estivessem assim como eu os vejo
partidos
mas apenas suspensos
prolongando-se em trechos invisíveis
feito a linha de costura na barra da calça
que some para o outro lado do tecido
e depois volta para a superfície

tento ter fé
os meus olhos não podem ver os segmentos ocultos
mas os espíritos bem sabem que eles estão ali embaixo
e vão me contar o que não posso ver
eles vão me garantir

a linha da minha vida ainda é íntegra
apenas obstruída num lapso pelos golpes do destino

eu pergunto
— por que isso?
um dos espíritos se adianta:
— ....., ..., ...
— e aquilo?
— .....! ....! ....!
(alguns são taxativos)
— puxa que bom agora entendo mas e se...?
— ....., ... : ....; .....; .... .

então a minha vida vai ganhar sua gloriosa continuidade lógica
como a linha no colar, como a linha na barra da calça

os espíritos são os narradores do meu melodrama
a meu convite

ou sou eu que pergunto a convite deles?

as mortes que nos separam

amor à primeira vista
sei bem o que é isto
tenho uns dez por dia

em cinco segundos
ou quinze
eu me apaixono
e já morro de abandono

dez vezes por dia
eu morro

e então prossigo
olhar zumbi
eu
esse híbrido dos meus cadáveres

triangulação inevitável

sexo é bom a três
e de uma vez

depois que acaba
a gente vira e pergunta
foi bom pra vocês?

se a outra diz não
o terceiro diz sim
ou não sei
ou sei lá
não faz diferença
ninguém vai ligar

mesmo se somos dois
no maior feijão com arroz
fazemos sexo a três
ainda que sem saber

sempre está lá um a mais
na cabeça do freguês

sexo a dois é um bestiário
adultério imaginário
inconsciente ou voluntário
semanal mensal diário

o sexo a três vai melhor
são três pra lá três pra cá
e também outros três
três vezes três
trinta e três
trezentos e trinta e três

nada de dois (casalzinho)
nada de duplas
de pares
de juras
de viuvez

prazer não se compartilha
o coito não é encontro
paixão não tem paridade

sexo a dois
masturbação recíproca
um apressamento
mesmo quando lento
uma trombada
disfarçada
de comunhão

e não faz diferença
quem um pensa
que é

o cara
ou a mulher
não passa de um
ou de uma
qualquer
apaixonada talvez
por um por dois ou por três
por excesso ou escassez
do amor que quis
e não fez

sobrevoo

são matas ciliares
posto que ali passa um rio
onde eu mergulho quando sonho
que mergulho
naquelas águas
através da folhagem perfumada
tão recortada e estreita
que oculta o fio que eu mais procuro
o visgo sombreado à espera de ser ungido
por estes olhos meus
por minhas pálpebras
por meus cílios
ciliares

letra vã

à sombra da sombra da noite
escrevo como quem faz fogo
e o fogo não vem
nem a sorte
(no escuro eu ainda sou bobo)

e louco: de braços abertos
escrevo com os pés sobre o lodo
escrevo sem ler
nem ouvir
(sentido não há nesse jogo)

a língua que invento é inútil
a língua me esgarça e se perde
é nula a semântica
estéril
(no escuro não sou demagogo)

não há mais ninguém que me leia
e escrevo assim mesmo
a rodo

falácias

falantes
falam antes
e pensantes
são falantes
em voz baixa

você fala como eu falo?
você fala com o meu falo?
você falha
com o meu palato falho?
você farfalha?

a voz do sedutor quase absoluto

ela pergunta meio assim à toa
se o meu ouvido não será absoluto
só porque eu canto forte e resoluto
um sol que sei perfeito e que ressoa

mas não está no ouvido o meu astuto
engenho e sim na voz que quando entoa
o sol na exata vibração que ecoa
e me agiganta o tórax diminuto

vem me indicar o ponto, o tom devido
em que sustento a nota e afino o ouvido
(primeiro eu canto e só depois escuto)

respondo, entrego o truque e estrago o encanto
não sou o tal que a seduzira tanto
(o sol se apaga num olhar de luto)

invento

não é o fogo
nem a roda
não é a música
nem a máquina a vapor
não é o passado
ou o futuro

a maior invenção da humanidade
é o espelho no teto
pelo qual olhamos
o modo como os deuses nos enxergam
quando nos invejam

instagram

este sou eu
bom sujeito
refestelado em despeito
tentando enxergar defeitos
na mulher que não me quis

mas os defeitos
são lindos
zombam do meu abandono
da minha falta de sono
do meu olhar infeliz

ela sorri
não tem jeito
a um palmo do meu nariz
um rosto me contradiz
na tela com que me deito

idade mediana

na meia-idade sou mais curto
não escuto de longe
não enxergo de longe
eu não amo de longe

é que na meia-idade
quando pensei ultrapassar meu corpo
meu corpo tomou posse de mim
só o que conta é o que toca
fiquei mais barato
mais ato
mais táctil
mais fácil
mais perto

de longe
deserto

de perto me perco
de longe me perdes
(eu demorei para ver
porque não enxergo de longe)

não ouço estrelas
não mais
não dou ouvidos ao motor escuro
das engrenagens que as arrastam

não que eu não saiba o universo inteiro
eu o sei muito bem
ele está aqui
é ele que me abraça quando
no telescópio em desuso
que a minha curiosidade já não quer
balança e depois descansa
uma blusa de mulher

fidelidade

adultério
a única modernidade
no amor

adultério
a última das liberdades
do corpo

adultério
além da conta
da ponta
do nome

de adultério
fome

a cara-metade
é uma sociedade
anônima

a cara-metade
e uma saciedade
anônima

quando se desfaz

depois do tchau
ela saiu caminhando na calçada
para buscar o carro ali pertinho
(ia guardá-lo na garagem)

aí encontrou um gato parado na sarjeta
com pose de guarda do pedaço
um gato com ares de cão

(eu via pelo retrovisor
e demorava a dar partida)

ela parou diante do bicho
meio grande meio gordo meio escuro
com uma cor de poluição
e umas luzes douradas na pelagem
(um gato que foi ao cabeleireiro)

ela se agachou
(meu deus)
para alisar os pelos com as duas mãos
o gato empinou o rabo

logo ela estava de pé outra vez
e sorria
distraída
na beira do asfalto

(foi assim
na tarde
em que fui embora)

questão de ângulo

uns dizem vai
eu digo vem

uns sentem medo
e gritam
vade retro
eu espreguiço
e rio
vem de ré

uns dizem vai
porque têm raiva
eu digo vem
sem hesitar

uns xingam
vai
eu chamo
vem

vem meu bem
tomar o beijo
a carne e o sal
de quem te quer
afoito e aflito
em cada poro
a fúria e o sono
em cada arquejo
o sangue e o grito

vem desaguar
em transfusão
agigantar-se
em contração
vem transpirar
no meu suor
no espaço espesso
em contramão
vem com teu mar
de me afogar
vem engolfar
meu norte ao sul

vem meu amor
tão grande amor
vem meu amor
tomar no cu

ente malemolente

> *"Pouca saúde e muita saúva, os males do Brasil são."*
> ***Mário de Andrade, em* Macunaíma**

I

"torna-te aquilo que és"
eu não devia ter levado esse negócio tão a sério
(muito menos na brincadeira)
foi por aí que eu
euzinho
que não sou mafagafo
nem mafagafoto
nem mafagafotozinho
acabei mais saci do que anjo
namoradeiro sem paradeiro
salteador do tesão alheio
inclusive do meu próprio

pulso líquido
espírito vadio
tímido libertino
libertímido
o lábaro porém adúltero
não por ter sido imoral
quem sabe por ser pueril
ou mais ainda infantil

o pau duro e o coração mole
são os males do brasil

II

floradas de violência
relâmpagos libidinosos

III

ou bem será o oposto?
(não sou assim tão constante)

as águas em contrafluxo
as rochas a contragosto
o verso que vice-versa
coração que falha
rijo
e necrosa
o instinto que fibrila
e não goza

e ainda por cima
essa rima
essa rima
que não rima nem sai de cima

a alegria é a prova dos novos?
sei não
o meu país entristece
e macambúzio envelhece

pouca saúde
muita saudade
do que nunca existiu
ressaca que bate hoje
mas que nasceu amanhã

ao IML

tragam-me um cadáver fresco
oitenta quilos ou um pouco menos
cinquenta anos
meio calvo
anódino

quero atirá-lo aqui de cima

é preciso que seja mesmo fresco
de morte recente
como se estivesse pronto para reviver

tragam-me um cadáver fresco
que não esteja ainda inteiramente defunto

vou banhá-lo
escovar-lhe os dentes
barbeá-lo
penteá-lo com calma
cabelos ralos para trás
aí vou olhar para ele como olho no espelho

será hora de vesti-lo
cueca branca de tecido elástico
o pau mole pra cima
e sobre a camiseta de manga curta
uma camisa social abotoada até o colarinho
o cinto deve combinar com o sapato
no bolso de trás a carteira de couro marrom
com a minha identidade
os cartões de crédito
uma foto da família
uns trocados para o táxi

a chave da porta também
o telefone celular
ligado
ele usará minha aliança

então vou tomar fôlego
passar o seu braço esquerdo sobre o meu ombro
para conduzi-lo até a janela do meu quarto
no décimo andar
lá embaixo o corredor da garagem

há sempre o risco de que um carro manobre por ali
mas isso não às dez horas da manhã
terei cuidado
vou olhar bem antes de empurrá-lo

sorverei o ploft de quando ele bater no cimento
tomara que ele caia de boca
tomara que sangre um pouquinho
vou assistir a tudo sem fazer careta

quero sobreviver por favor
ao meu suicídio completo

Título ***Os dois hemisférios do meu colarinho***

Autor **Eugênio Bucci**

Editor **Plinio Martins Filho**

Produção editorial **Carlos Gustavo Araújo do Carmo**

Design **Casa Rex**

Formato **16 × 23 cm**

Tipologia **Mercury Text**

Papel **Cartão Supremo 250 g/m² (capa) e Avena 80 g/m² (miolo)**

Número de páginas **96**

Tiragem **300**

Impressão **LIS Gráfica**